AF312823

VENTE

Des Lundi 25 et Mardi 26 Avril 1898

HOTEL DROUOT, SALLE N° 11

à deux heures

MEUBLES

Anciens et Modernes

D'ÉPOQUES & STYLES DIVERS

OBJETS D'ART

ET

D'AMEUBLEMENT

Bronzes, Terres cuites, Marbres

PORCELAINES, FAIENCES, ÉTAINS

TABLEAUX, DESSINS, MINIATURES

Éventails

BIJOUX, 13 KILOS D'ARGENTERIE

ARMES

Me A. FOUCAULT	**M. OPPENHEIMER**
Commissaire-Priseur	*Expert*
26, Rue des Petits-Champs, 26	8, R. de la Grange-Batelière, 8

EXPOSITION PUBLIQUE

Le Dimanche 24 Avril 1898

DE 1 HEURE 1/2 A 5 HEURES 1/2

CONDITIONS DE LA VENTE

La vente sera faite *expressément* au comptant.

Les acquéreurs payeront en sus des adjudications *cinq pour cent.*

L'exposition mettant le public à même de se rendre compte de l'état des objets, il ne sera admis aucune réclamation une fois l'adjudication prononcée.

Paris. — Imp. Ménard et Chaufour, 8-10, rue Milton.

DÉSIGNATION

MEUBLES

1 — Belle cheminée, style Renaissance, en noyer sculpté avec tête de Satyre et Lions.

2 — Chambre à coucher, style Louis XIV, en palissandre ciré, composée de : un lit avec sommier, armoire à glace et table de nuit.

3 — Salle à manger, style Renaissance, en noyer sculpté, composée de : un buffet à deux corps, une table et six chaises.

4 — Bahut breton, noyer sculpté.

5 — Commode Louis XV, marqueterie de bois.

6 — Meuble de salon, composé de : deux cana-
pés et deux fauteuils, recouverts en velours de
Gênes, à rampes torses.

7 — Belle bibliothèque, style Louis XIII, en
chêne sculpté.

8 — Buffet noyer. Époque Louis XIV.

9 — Deux fauteuils, avec incrustation ivoire.

10 — Deux fauteuils Renaissance, en noyer
sculpté.

11 — Meuble de salon, composé de : un canapé,
deux fauteuils, deux chaises. Style Oriental.

12 — Bahut Renaissance, en noyer sculpté.

13 — Stalle gothique en chêne.

14 — Vitrine Louis XV, bois satiné, ornée de
bronzes.

15 — Table bureau, style Louis XIV, en bois satiné, ornée de bronzes.

16 — Bahut Renaissance, en noyer sculpté.

17 — Table de nuit, marqueterie de fleurs, avec galerie dessus de marbre.

18 — Secrétaire Louis XVI, acajou avec dessus de marbre blanc.

19 — Grand et beau cabinet Espagnol.

20 — Commode Louis XV, marqueterie de bois.

21 — Bureau plat en bois de violette. Époque de la Régence.

22 — Deux glaces Louis XVI, blanc et or (sera divisé).

23 — Deux torchères en bois sculpté et doré, formées de deux femmes armées.

24 — Glace Louis XVI, cadre bois sculpté.

25 — **Baromètre Louis XVI, bois sculpté et doré.**

26 — Table marqueterie, Louis XV.

27 — Console d'applique, Louis XIV, bois doré.

28 — Vitrine Louis XV, à une porte en marqueterie et bois de rose.

29 — Salon composé de : un canapé, deux fauteuils, deux chaises, recouvert en velours de Gênes.

30 — Table de nuit Louis XV.

31 — Bibliothèque Empire acajou ornée de bronzes.

32 — Table bois laqué et bambou.

33 — Cadre ancien, avec glace, colonnettes marbre.

34 — Malle ancienne, intérieure peinture Louis XV.

35 — Bibliothèque Empire, ornée de bronzes.

36 — Deux fauteuils de coins, style Renaissance, en noyer sculpté.

37 — Meuble de salon, style Louis XVI, en noyer sculpté, a rehauts d'or, couvert étoffe de soie brochée, fond bleu, à rayures, composé de : un canapé, deux fauteuils, et quatre chaises.

38 — Commode Louis XV, en palissandre, garnie de bronzes, avec dessus de marbre.

39 — Petite armoire Normande ancienne.

40 — Chiffonnier Louis XVI, a trois tiroirs garni de bronzes, avec dessus de marbre.

41 — Deux panneaux d'enseignes chinoises, avec incrustations de nacre.

42 — Grande armoire Normande.

43 — Soubassement de buffet ancien, en noyer sculpté.

44 — Intéressant meuble dit cabinet, en bois sculpté,

45 — Petite table a pans coupés, en noyer sculpté
et pieds tournés.

45 *bis* — Salon style Louis XV, en noyer sculpté,
composé de : un canapé, deux fauteuils, deux
chaises.

46 — Table Louis XVI, en acajou ornée de
bronzes, avec dessus de marbre vert.

47 — Meuble chiffonnier en palissandre et marqueterie de bois.

48 — Chaise longue capitonnée, recouverte en
soie.

49 — Lit Louis XVI, en acajou ciré, avec guir-
lande de fleurs.

50 — Grand médaillon, bois sculpté doré, avec
glace biseautée.

51 — Porte-montre Louis XVI, en bois sculpté.

52 — Porte-montre Louis XV, en bois sculpté.

53 — Pot à tabac, en bambou sculpté.

54 — Épinette en acajou empire, marque Évrard
frères.

55 — Table d'antichambre en noyer.

56 — Meuble de salon, style **Louis XIII**, en
noyer couvert en étoffe de soie brochée, composé de : un canapé, deux fanteuils et quatre
chaises.

57 — Chaise longue, recouverte en soie.

58 — Glace Louis XIII, bois sculpté doré.

59 — Glace Louis XVI, bois sculpté doré.

60 — Glace ancienne, bois sculpté doré.

BRONZES D'ART ET D'AMEUBLEMENT

58 — Deux grands et beaux vases en porcelaine
de Sèvres ornés de bronzes avec sujets genre
WATTEAU.

59 — Statuette bronze : *La Vague.*

60 — Statuette bronze : *Le Faune*.

61 — Groupe bronze : *Les Trois Grâces* par CA-
NOVA.

62 — Grand cartel Louis XVI, forme lyre, têtes
d'aigles, branches de lauriers sur fond peluche..

63 — Belle garniture de style Louis XVI, composée d'une pendule et deux candélabres,.
bronze doré.

64 — Lustre à cinq lumières à gaz..

65 — Deux appliques Louis XVI à huit lumières,
bronze et cristaux.

66 — Garniture ce cheminée Louis XIII, pendule à deux candélabres bronze doré.

67 — Jardinière Renaissance à jours.

68 — Lampe d'étude Renaissance.

69 — Petite jardinière à jours, anses chimères,
bronze vieil argent.

70 — Garniture de cheminée Louis XVI composée de : une pendule et deux candélabres a cinq lumières, marbre noir et bronze poli.

71 — Grande jardinière Louis XVI basse, forme ovale bronze verni vieil or.

72 — Groupe en bronze : *La Découverte* par FER- VILLE.

73 — Groupe en bronze : *La Bouderie*, par FER- VILLE.

74 — Deux cachepots Louis XVI, médaillons et rinceaux bronze doré.

75 — Deux appliques Empire à six lumières, bronze doré.

76 — Grande pendule monumentale Louis XIV, marqueterie écaille et bronze sur socle mesurant 1ᵐ55.

77 — Suspension Louis XVI, cuivre argenté,

78 — Petit lustre flamand.

79 — Paire candélabres hollandais cuivre poli.

80 — Bronze doré à six lumières pour meuble d'entre deux.

81 — Magnifique ferrure de porte Renaissance en fer sculpté dans la masse, se composant de la serrure, crémone, quatre boutons et battant (pièce unique).

82 — Deux bouts de table. Enfant et faune, branches de roses en bronze doré.

83 — Pendule de voyage bronze doré.

84 — Mortier ancien bronze.

85 — Deux chenêts griffons bronze doré.

86 — Encrier en bronze.

87 — Petite horloge ancienne forme carrée.

88 — Glace à main, sujets guerriers, bronze argenté.

89 — Brûle-parfums bronze japonais sur socle bois de fer.

90 — Deux statuettes bronze : *Mercure et la Renommée* d'après PIGALLE.

91 — Deux vases en cloisonné du Japon.

92 — Cartel chêne sculpté peau de lion.

93 — Cartel bronze doré, style Louis XVI représentants des *Amours dans les nuages*.

94 — Deux appliques. Style Louis XVI, bronze doré avec branches de roses.

95 — Garniture marbre noir avec sujet en bronze : *Laocoon du Vatican*, composée d'une pendule, deux coupes, deux flambeaux de BARBEDIENNE, porte-bouquet bronze et cristal.

96 — Grand vase bronze Chine.

97 — Grand vase bronze Chine, incrusté argent.

98 — Paire vases cloisonnés, fond noir Japon.

99 — Deux candélabres en bronze vert à deux
lumières.

100 — Deux appliques en cuivre à trois lumières.
Style Louis XVI.

101 — Deux flambeaux cuivre ajouré.

102 — Groupe bronze : *Amour à l'Arc*, par Le-
NIVRE.

PORCELAINES, FAIENCES

102 — Vase porcelaine vieux Chine avec personnages.

103 — Potiche porcelaine blanc et bleu Chine.

104 — Vase porcelaine blanc et bleu Chine.

105 — Fontaine faïence vieux Rouen.

106 — Deux vases cornets vieux Japon forme
hexagones.

107 — Six tasses en Sèvres, Saxe, Chine et Empire.

108 — Deux plats faïence de Delft.

109 — Deux statuettes porcelaine d'HOCHST : *Malade imaginaire* et *l'Apothicaire*.

110 — Deux statuettes porcelaine de Saxe : *Marchands ambulants*.

111 — Deux statuettes porcelaine de Saxe : *Neptune et Minerve*.

112 — Groupe porcelaine de Saxe : *Dans les nuages*.

113 — Quatre flacons cristal de Causbad.

114 — Beau service à café en porcelaine décorée. Époque Empire.

115 — Plaque en neuf parties en ancienne faïence de Rhodes, décor polychrome.

116 — Deux grands vases vieux Chine.

117 — Grand vase en awala, décoré de personnages.

118 — Lot assiettes faïence et porcelaine diverses (sera divisé).

119 — Six assiettes blanches à filets or de la manufacture de Sèvres.

120 — Douze verres à anses filets or.

121 — Garniture faïence Stannifiris.

122 — Statuette terre cuite patinée, signé GATTI.

123 — Deux vases rocailles en faïence vernie.

124 — Grand vase faïence émaillée.

125 — Deux vases faïence.

126 — Statuette terre cuite, décor polychrome.

127 — Plat faïence décorée.

128 — Jardinière faïence.

129) — Deux plats décoratifs avec statuettes reliefs.

MARBRES ET TERRE CUITE

130 — Buste marbre : *Mme Adélaïde de France*.

131 — Buste marbre ; *Le Départ de l'hirondelle*, par L. WUITZ.

132 — Statuette terre cuite: *Chasseur arabe*.

133 — Deux sphinx, terre cuite.

134 — Lampadaire Empire, marbre et bronze.

135 — Torchère Louis XIV, marbre et bronze.

136 — Colonne Louis XVI, marbre et bronze.

137 — Guéridon oriental, marbre et bronze.

138 — Gaine Louis XVI, marbre et bronze.

139 — Cartel mignnonette Louis XVI, marbre et bronze.

140 — *Vénus accroupie*, terre cuite.

441 — Statuette : *Musicien arabe*, terre cuite polychrome.

142 — Statuette marbre : *Le Modèle au repos*, par VÉRON.

143 — Statuette marbre : *La Baigneuse.*

144 — Groupe marbre : *L'Amitié*, par MOREAU.

145 — Statuette marbre: *La Cigale*, par LEBLANC.

146 — Groupe marbre : *La Consolation*, par MOREAU.

TABLEAUX ET MINIATURES
ÉVENTAILS

142 — Deux belles gravures encadrées, représentant *La Reddition de Bréda*.

143 — Gravure encadrée : *La Tour de Nesles*, de CALLOT.

144 — Gravure encadrée : *L'École Militaire*, par LESPINASSE.

145 — Toile peinte, représentant *Une étude de Cheval*, par G. COURBET.

146 — Six miniatures sur ivoire sujets variés (sera divisé).

147 — Tableau : *Concert de famille*, signé BONINGTON.

148 — Tableau : *La Butte Montmartre avec le moulin*, par LEPST.

149 — Tableau : *Troupeau de moutons*, de CHARLES DEHAYES.

150 — Tableau : *Cours d'eau*, de CHARLES DEHAYES.

151 — Tableau : *Chanteuse* de MÉRICOURT.

152 — Tableau, dessin : *Portrait de Napoléon I*, signé DUTILLOIS.

153 — Tableau, gravure : *Le Verrou*, de FRAGONARD.

154 — Tableau, fleurs, de BOUCHER.

155 — Tableau, aquarelle : *Route dans le Midi*, attribué à TROYON.

156 — Tableau, treize dessins, douze têtes et un personnage en pied, signé H. MONNIER.

157 — Tableau, dessin, signé GAVARNI.

158 — Tableau, peinture : *Moutons dans la prairie*, signé MOUNEMANS.

159 — Tableau, dessin à la plume, signé Adolphe Marie.

160 — Tableau, dessin à la plume : *La Veillée de Parys*.

161 — Tableau, peinture : *Tête de Pifferari*, signé Léopold Robert.

162 — Aquarelle : *Le Petit lecteur*.

163 — Très belle miniature sur ivoire : *Femme accoudée*. Cadre bronze.

164 — Éventail Empire, monture vermeil.

165 — Miniature ancienne : *Buste de femme.*

166 — Glace à main ivoire, ornée d'une miniature sur ivoire.

167 — Album de douze planches. Scènes chinoises sur papier de riz.

168 — Éventail chinois à personnages, étoffes, têtes ivoire, monture laquée.

169 — Album de photographies, reproduction de tableaux d'artistes.

170 — Deux pièces de vitrine, mandoline **et** guitare en écaille.

171 — Tableau : *Vue de Venise*, par Dubois.

BIJOUX ET ARGENTERIE

172 — Cartel Louis XVI en argent massif avec baromètre et thermomètre.

173 — Encrier style Louis XV à deux godets avec sujet amazone en argent.

174 — Service en écrin contenant : service à découper, service à salade, quatre pièces hors d'œuvre, truelle à poissons, manche à gigot, le tout en argent.

175 — Montre remontoir dame, avec nœud en argent doré, émaillé, entourage perles.

176 — Bouilloire argent.

177 — Huillier de deux bouts de table.

178 — Pot à lait.

179 — Quatre salières et deux moutardiers.

180 — Quarante-huit couverts de table.

181 — Dix-huit couverts entremet.

182 — Douze couverts de table.

183 — Trente-six cuillères à café.

184 — Quatre dessous de carafe argentés.

ÉTAINS, IVOIRES ET ÉMAUX

185 — Corbeille étain.

186 — Coffret cuir avec bas-relief étain par VIBERT.

187 — Assiette zéphir, par VIBERT.

188 — Six flacons émaillés.

189 — Etain réprésentant l'huître perlière.

190 — Pichet étain.

191 — Porte-cartes écaille, monture argent.

192 — Trois ombrelles marquise, manches ivoire.

193 — Flacon à odeur, de poche, émail monture argent.

194 — Porte-monnaie émail, monture argent.

195 — Groupe ivoire netzuké, deux personnages.

196 — Groupe ivoire netzuké, deux personnages

197 — Bouilloire étain.

198 — Écrin contenant une trousse de toilette en ivoire.

199 — Deux vases chinois émail sur cuivre, décors de personnages.

200 — Six masques japonais.

RIDEAUX, TENTURES,
TAPIS ET OBJETS DIVERS

201 — Portière en tapisserie L. XIII.

202 — Dix portières en Karamani (sera divisé.)

203 — Lot étoffes anciennes brocart et damas.

204 — Tapisserie ancienne verdure.

205 — Essuie-mains dentelle et broderie russe.

206 — Essuie-mains dentelle et broderie russe, armes Impériales.

207 — Lot de vêtements, pourpoint, hoqueton et lansquenet.

208 — Gilet crétois brocard ancien.

209 — Lot dentelles diverses.

210 — Lot rideaux (sera divisé.)

211 — Tapis en Aubusson.

212 — Tapis en Aubusson.

ARMES

213 — Belle panoplie d'armes avec cotte de maille, collet brodé d'argent,

214 — Deux hallebardes.

215 — Couteau de chasse manche corne.

216 — Lot d'armes de différentes époques.

217 — Fusil à pierre avec garnitures et incrustations d'argent.

218 — Tromblon avec garnitures et incrustations jaspe, ivoire et or.

219 — Tromblon crosse sculptée et canon damasquiné.

220 — Poignards.

DIVERS

221 — Un microscope et accessoires de Richebourg.

222 — Jeu de dominos en nacre.

223 — Album d'aquarelles japonaises sur soie.

224 — Coffre laque du Japon.

225 — Boîte de dix médailles en bronze.

226 — Jumelles marines.

227 — Lot de révolvers de Claudin, pistolets etc.

228 — Couteaux de chasse.

229 — Châle de l'Inde.

230 — Châle crêpe de Chine blanc.

231 — Ojets omis.

www.ingramcontent.com/pod-product-compliance
Ingram Content Group UK Ltd.
Pitfield, Milton Keynes, MK11 3LW, UK
UKHW031721170726
13836UKWH00001B/378